VENTE DES MERCREDI 19 ET JEUDI 20 JANVIER 1887

HOTEL DROUOT, SALLE N° 3

OBJETS D'AMEUBLEMENT

MODERNES ET ANCIENS

BIJOUX, CURIOSITÉS, BRONZES, ANTIQUITÉS

ÉTOFFES ANCIENNES

TABLEAUX, DESSINS, AQUARELLES

de l'École russe moderne

TABLEAUX ANCIENS

LIVRES

EXPOSITION PUBLIQUE :
Le Mardi 18 Janvier 1887

COMMISSAIRE-PRISEUR : **M° LÉON TUAL**

56, rue de la Victoire, 56.

EXPERTS

Pour les Tableaux et Objets d'art :

M. B. LASQUIN

12, rue Laffitte, 12

Pour les Livres :

M. J. MARTIN

18, rue Séguier, 18.

HOMO
ADDITVS
NATVRÆ
IMPRIMERIE DE MON

CATALOGUE

D'OBJETS D'AMEUBLEMENT

MODERNES ET ANCIENS

Pour Salon, Cabinet de travail, Chambres à coucher
et Salle à manger — Piano d'ÉRARD
Sièges garnis de broderies et d'étoffes anciennes
Beaux parements de cheminée de style Renaissance
Bijoux — Objets de vitrine — Curiosités
Bronzes de CARRIER-BELLEUSE et autres
Étoffes anciennes — Tentures — Rideaux — Tapis — Literie
Antiquités en bronze et en silex

TABLEAUX ET DESSINS MODERNES

Par BOGOLOUBOFF, BEGGROW, POKITONOFF, PRANISHNIKOFF,
ROHMANN, WILLIE, ZICHY, etc.

TABLEAUX ANCIENS

Environ 1,200 volumes bien reliés

DONT LA VENTE AURA LIEU

Pour cause de départ

HOTEL DROUOT, SALLE N° 3

Les Mercredi 19 et Jeudi 20 Janvier 1887

A 2 HEURES

COMMISSAIRE-PRISEUR

Mᵉ LÉON TUAL, 56, rue de la Victoire.

EXPERTS

Pour les tableaux et objets d'art :	*Pour les livres :*
M. B. LASQUIN	**M. MARTIN**
12, rue Laffitte, 12	18, rue Séguier, 18

Chez lesquels se trouve le présent Catalogue.

EXPOSITION PUBLIQUE : Le Mardi 18 Janvier 1887

DE I HEURE A 5 HEURES

CONDITIONS DE LA VENTE

Elle sera faite au comptant.

Les adjudicataires payeront *cinq pour cent* en sus des enchères.

L'exposition mettant le public à même de se rendre compte de l'état des objets, il ne sera admis aucune réclamation une fois l'adjudication prononcée.

Paris. — Imprimerie de l'Art. E. Ménard et J. Augry
41, rue de la Victoire.

DÉSIGNATION DES OBJETS

TABLEAUX ET DESSINS MODERNES

1 — **A. Bogolouboff**. La Colonne Vendôme.

2 — **A. Bogolouboff**. La Piazzetta, à Venise. Aquarelle.

3 — **A. Bogolouboff**. Vue de Saint-Pétersbourg. Aquarelle,

4 — **A. Bogolouboff**. Vue de Venise. Encre de Chine.

5 — **A. Bogolouboff**. Allée de parc. Plume.

6 — **A. Bogolouboff**. Navire à voiles. Plume.

7 — **A. Bogolouboff**. Navire échoué. Plume.

8 — **Beggrow**. Marine. Lavis.

9 — **Pokitonoff**. Avenue de la Grande-Armée.

10 — **Pokitonoff**. Chevaux dans une prairie.

11 — **Pokitonoff**. Une Revue.

12 — **Pranishnikoff**. Cheval noir.

13 — **Pranishnikoff**. Cheval à l'écurie.

14 — **Rohmann**. Vue de Chambaudoin.

15 — **Rohmann**. Panier de roses.

16 — **Rohmann**. Femme couchée. Aquarelle.

17 — **Willie**. Une Rue à Rome. Aquarelle.

18 — **M. G**. Paysage de la Petite-Russie.

19 — **Zichy**. Femme lisant.

20 — **Zichy**. Deux Étoiles. Aquarelle.

21 — **Cathelineau**. Femme nue couchée et deux Chiens.

22 — **Comba**. Artilleurs. Aquarelle.

23 — **Diaz** (D'après). Sous bois.

24 — **Melchertilmes**. Paysage boisé.

25 — **E. Meissonier**. Dessins sur bois pour l'illustration de *Paul et Virginie*.

26 — Gravures : dix gravures anglaises en couleurs. Sujets de courses.

TABLEAUX ANCIENS

27 — **Both** (Attribué à). Muletiers dans un paysage avec ruines.

28 — **Bril** et **Franck**. Intérieur de grotte avec nombreuses figures de religieux.

29 — **École flamande.** Sainte Famille.

30 — **École flamande.** La Vierge, Jésus et deux saints.

31 — **École espagnole.** Religieux en prière.

32 — **Parrocel.** Choc de cavalerie. Dessin à la plume rehaussé d'aquarelle.

33 — **Rotenhamer.** La Vierge aux anges.

34 — **Teniers** (Genre de). Paysans près d'une auberge.

35 — **Titien** (D'après). Danaé.

36 — **École française.** Portrait de femme sous les traits de Vénus. Composition allégorique.

37 — **Locatelli.** Deux paysages avec figures de pêcheurs.

BIJOUX

38 — Bonbonnière ovale du temps de Louis XVI en or ciselé à deux tons.

39 — Paire de boucles d'oreilles en or découpé, ornées chacune d'une turquoise et de roses, plus une bague de même travail.

40 — Deux boucles d'oreilles en or avec topazes.

41 — Bracelet porte-bonheur en or découpé.

42 — Bracelet gourmette en or.

43 — Tour de cou en or.

44 — Bracelet porte-bonheur en or uni.

45 — Deux paires de boutons de manchettes, l'une avec camées.

46 — Épingle de cravate médaille antique en or.

47 — Deux bracelets en argent ; l'un gravé, l'autre avec pendeloques.

48 — Rond de serviette en argent gravé.

49 — Porte-monnaie en argent repoussé.

50 — Petit couvert, cuiller, couteau et fourchette en argent orné.

51 — Une pince à sucre.

52 — Un couvert à salade et un service à découper à manches en bois garnis d'argent.

BRONZES — CURIOSITÉS — OBJETS DE VITRINE

53 — Statuette de faune jouant des cymbales; bronze d'après l'antique. **Socle en marbre griotte.**

54 — Deux groupes en bronze, d'après Carrier-Belleuse : Allégories de l'Été et de l'Automne.

55 — Deux lampes en forme de vases, en bronze, à deux anses, avec socles en marbre griotte.

56 — Cartel genre Louis XIV, en cuivre.

57 — Garniture de cheminée composée d'une pendule et de deux candélabres en marbre blanc et bronze.

58 — Cartel Louis XV, en bronze.

59 — Lampe en porcelaine de Canton, avec monture de style chinois en bronze.

60 — Lanterne d'antichambre, au gaz.

61 — Petite horloge genre Renaissance.

62 — Lot de monnaies et médailles en argent.

63 — Lot de monnaies russes en cuivre.

64 — Montre Louis XIV, en argent, et autre montre en argent.

65 — Petit service de poupée, en argent.

66 — Salière Empire, en argent.

67 — Couteau Louis XVI, en nacre, à lames en argent et acier.

68 — Couteau japonais à manche en os.

69 — Boussole en cuivre.

70 — Miniature sur ivoire : Portrait d'un général, xviiie siècle ; cadre en bronze.

71 — Miniature sur ivoire : Portrait de l'empereur Alexandre Ier, peint par Romanini.

72 — Deux croix gréco-russes, en argent.

73 — Petit buste d'empereur romain, en agate.

74 — Télescope ; monture en bronze.

75 — Pommeau d'épée et batterie de pistolet en fer.

76 — Trois pièces : un cœur, une boîte en agate et un presse-papier en cristal de roche gravé.

77 — Deux cachets en agate et cristal de roche fumé.

78 — Ustensiles de fumeurs, étuis, porte-cigares, blagues, etc.

79 — Petits plateaux et cendriers en pierre, marbre et faïence.

80 — Deux petits pitongs en ivoire formant porte-allumettes.

81 — Pipe allemande en bois sculpté. XVIIe siècle.

82 — Flacon à tabac, en cuir gravé, et orné d'une figure de femme en bois sculpté.

83 — Trois petits groupes en bois sculpté et peint ; figures et animaux.

84 — Quatre statuettes de paysans, en terre cuite.

85 — Lot d'étuis, boîtes, plateaux en bois, cuir et peluche.

86 — Petit miroir dans un cadre en ébène sculpté.

87 — Vase en bronze du Japon.

88 — Coupe en bronze du Japon.

89 — Deux poissons en bronze du Japon.

90 — Flambeau en fer forgé.

91 — Petit buste de J. J. Rousseau, en bronze doré, sur socle en marbre. Époque Louis XVI.

92 — Flambeau en bronze à figure de faune.

93 — Pied carré Empire, en bronze argenté.

94 — Petite bouilloire en argent.

95 — Bougeoir en cuivre argenté.

96 — Sous ce numéro : petits objets d'étagères.

97 — Ustensiles de bureau, papeteries, etc.

98 — Cadres de photographies garnis d'étoffes anciennes.

99 — Deux assiettes en porcelaine décorées d'une marine et d'un paysage par A. Bogolouboff.

100 — Assiette en porcelaine de Sèvres au chiffre de Louis-Philippe, avec décor d'oiseaux et de branchages en vert et or.

101 — Vase en faïence italienne à décor bleu et deux petits cornets en faïence italienne de même décor.

102 — Deux vases en faïence moderne à reliefs.

103 — Deux tasses en porcelaine de Saxe décorées d'oiseaux.

104 — Sucrier en porcelaine de Saxe, décoré de paysage en camaïeu rose.

105 — Tasse en porcelaine de Vienne, fond gros bleu.

106 — Moutardier en porcelaine de Saxe.

107 — Plat en faïence de Moustiers.

108 — Petit buste d'homme et figurine d'enfant en porcelaine blanche.

109 — Pomme de canne à figure d'homme en porcelaine blanche.

110 — Tasse et sa soucoupe en porcelaine de Capo di Monte, décorée de figures de paysans.

111 — Groupe de trois figures en Saxe moderne.

112 — Sous ce numéro, divers objets en porcelaine et en faïence.

113 — Pendule Louis XIII, dite religieuse, pla-
quée d'écaille rouge.

114 — Deux lampes en poterie rouge, montées
en cuivre.

115 — Deux lampes en céladon; monture en
bronze.

116 — Deux vases en émail cloisonné du Japon.

117 — Pistolets circassiens niellés.

118 — Épée de cour.

119 — Fusil Louis XV.

120 — Lot de diverses armes, sabres, épées,
fleurets, masques et gants d'escrime.

121 — Collection de vases, flacons, coupes, etc.,
en poterie péruvienne et indienne.

122 — Collection d'antiquités, armes et instru-
ments en silex et en bronze.

AMEUBLEMENT

123 — Meuble à deux corps en noyer sculpté du
temps de Louis XIII.

124 — Table Louis XIII en bois tourné à pieds ajourés reliés par un entrejambes.

125 — Jolie vitrine en noyer sculpté, à colonnettes cannelées et garnie d'étoffe à l'intérieur.

126 — Bibliothèque en bois d'acajou, à moulures de cuivre.

127 — Bureau de même style.

128 — Table ornée de bronzes et de filets en bois noir avec parties dorées.

129 — Écran avec feuille en broderie du XVIe siècle.

130 — Chiffonnier en noyer.

131 — Table à pieds en X.

132 — Grande armoire à trois corps.

133 — Table garnie de drap.

134 — Panier à papiers.

135 — Lit garni de serge avec une estrade, un sommier.

136 — Deux tables de nuit.

137 — Grande armoire à trois corps en noyer ciré, avec bras porte-lumières.

138 — Table-toilette en noyer, avec dessus en satinette.

139 — Table en chêne avec pieds à croisillon.

140 — Paravent.

141 — Grand coffre-fort de Fichet.

142 — Deux crédences de style Henri II en noyer sculpté, à colonnettes cannelées, décorées de motifs d'ornements et de godrons.

143 — Lit de milieu en bois noir.

144 — Ameublement de salle à manger en chêne sculpté, composé d'un buffet, une table et six chaises garnies de velours vert.

145 — Vaissellier en noyer, genre Henri II.

146 — Buffet à deux corps à portes pleines, en noyer sculpté, genre Renaissance.

147 — Petite table en noyer, de forme octogonale.

148 — Meuble de salon Louis XV, en bois de noyer, garni d'étoffe brochée moderne, composé d'un canapé, cinq fauteuils, deux chaises.

149 — Piano droit d'Érard, en palissandre.

150 — Table de nuit Louis XV.

SIÈGES

151 — Fauteuil recouvert d'une broderie ancienne, provenant d'une dalmatique.

152 — Deux fauteuils coussins en moquette de Smyrne.

153 — Canapé recouvert d'un tapis de Perse.

154 — Cinq coussins en broderie de Perse.

155 — Deux chaises de style Henri II, couvertes en velvet vert olive.

156 — Fauteuil couvert en velours frappé.

157 — Chaise couverte de même étoffe.

158 — Deux chaises couvertes en maroquin.

159 — Coussin.

160 — Canapé baignoire en serge, et un coussin.

161 — Trois coussins en broderie de Perse.

162 — Deux chaises couvertes en serge.

163 — Fauteuil traversin couvert en serge.

164 — Trois têtières.

ÉTOFFES ANCIENNES

165 — Parement de cheminée en peluche rouge, ornée de broderies anciennes.

166 — Parement de cheminée en peluche cuivre avec broderies anciennes.

167 — Parement de cheminée avec encadrement de glace en peluche cramoisie avec garniture de broderies du xvie siècle et passementeries assorties.

168 à 175 — Étoffes anciennes, chasubles, chapes, lambrequins, tapis de table.

176 — Costume Louis XIV, en velours.

177 — Dessus de lit en brocart.

178 — Veste en loutre.

179 — Beau couvre-pied en broderie ancienne.

RIDEAUX ET TENTURES — TAPIS

180 — Six rideaux en bourrette cuivre avec embrasses à galeries.

181 — Deux garnitures de fenêtres en étoffe serge, avec galeries et ajustements.

182 — Tenture de lit de même étoffe.

183 — Tenture en serge, molleton et satinette, garnie de passementeries.

184 — Tapis de Smyrne.

185 à 187 — Trois tapis en moquette.

188 — Un matelas, un traversin, deux oreillers.

189 — Tapis d'Aubusson.

LIVRES

1,200 volumes modernes en partie reliés en plein maroquin. Ouvrages sur les mathématiques, la chimie, les beaux-arts ; catalogues illustrés. — Publications de Jouaust, Lemerre, Quantin, Rouveyre, etc. — L'Éventail et autres ouvrages de O. Uzanne. — Œuvres de Molière, Corneille, Racine, Boileau, La Fontaine, Walter Scott, V. Hugo, H. Martin, F. Coppée, Barbey d'Aurevilly, P. Mérimée, etc. — Nombreux romans par Belot, Claretie, Daudet, Dumas, Malot, Ulbach, Verne, Zola, etc. — Dictionnaire de Chimie, par Wurtz. — Nouvelle Géographie universelle, par E. Reclus. — Ouvrages illustrés.